# Жена любовника жены

Victor Sapozhnikov

Published by Victor Sapozhnikov, 2024.

ЖЕНА ЛЮБОВНИКА ЖЕНЫ

**First edition. May 7, 2024.**



ISBN: 979-8224384044

Written by Victor Sapozhnikov.

# Глава 1

ЖИЗНЬ БЫЛА ЛЕГКА, ПРЕКРАСНА и удивительна. Примостив свое коренастое тело на небольшом диване, Марк самозабвенно дрых, оглашая комнату могучим и беззаботным храпом.

Мозг, заряженный солидной дозой дешевого алкоголя, энергично прокручивал приятные и трогательные «ролики». Вот Марк с женой и пятилетней дочкой Ритой летит в бизнес-классе на испанский курорт. И тут же, пропустив скучный паспортный контроль и тягомотное заселение в номер, вся семья плещется в теплых лазурных волнах. Еще мгновение спустя жена решает вместе с дочкой съездить в гости к маме. В ту же секунду Марк оказывается в баре, где встречает своего друга Антона. Мозг услужливо решает здесь задержаться. Улыбчивый бармен весь вечер бесплатно наливает приятелям лучшее виски. К ним присоединяются две очаровательные девушки, готовые сразу же пить на брудершафт и целоваться взасос. Неожиданно оказывается, что Антон недостаточно хорош для красоток, зато Марка они радостно тянут к себе в номер. Друг не обижается, лишь понимающе улыбается и машет на прощание рукой. В комнате на тридцатом этаже с видом на золотистый морской закат девушки танцуют стриптиз и обещают незабываемую ночь. Марк расслабляется, готовясь получать удовольствие. Одна из девушек наклоняется к его уху, но... Происходит странное. Она начинает одновременно вибрировать губами и напевать песню голосом Михаила Шуфутинского:

«Я календарь переверну

И снова третье сентября...»

«Какая талантливая», – умилился Марк. Однако восторгался дарованиями девушки он недолго. Скрипучий голос и щекочущая вибрация возле уха довольно скоро начали раздражать. А красавица не собиралась останавливаться.

«На фото я твоё взгляну

И снова третье сентября».

– Ну хватит уже! Июнь на дворе! – недовольно промычал Марк.

Он попытался взять девушку за плечи и переместить ее пониже, но вместо того, чтобы прикоснуться к теплой и упругой коже, его руки провалились в пустоту. Песня продолжала донимать. И хотя мозг отчаянно не желал расставаться с объятиями Морфея, дальше спать было уже невозможно. Марк потянулся к уху и обнаружил там смартфон, который в эту самую секунду затих.

– Твою мать! Поспать нормально не дадут! Что за идиоты мне постоянно звонят?

Разлепив глаза, Марк поднес экран к лицу и заметил несколько пропущенных звонков с разных номеров. Он хотел было в ярости швырнуть смартфон в стену, чтобы тот эффектно разбился, но, увидев там фотографию дочки, поцеловал и бережно положил его на подушку. Он сел на кровать, взял с тумбочки кружку с водой и отпил теплой безвкусной жидкости. Голова трещала, изо рта пахло кошачьим туалетом, а настроение было самое что ни на есть паскудное. Почему-то вспомнились слова коуча из интернета о том, что нужно мыслить позитивно. Но ни одной причины для восторга, радости или хотя бы сдержанного оптимизма он не придумал.

Мужчине недавно исполнилось тридцать два года. Неприятности начались пару лет назад. Его бизнес – маленький продуктовый магазинчик – прогорел, когда неподалеку открылся солидный супермаркет. Бесславно и с немалыми долгами он завершил свою предпринимательскую историю и устроился работать курьером. На этой должности Марку явно не светили радужные финансовые перспективы и блестящая карьера, но пока другой работы он найти не мог.

С супругой постепенно нарастали проблемы. Анжелу категорически не устраивало туманное будущее их жизни, скромная зарплата мужа и небольшая однокомнатная квартира, в которой ютилась семья. Упреки превратились в ссоры, а потом дело дошло и до скандалов. Потом на какое-то время конфликты прекратились. И Марк подумал, что отношения налаживаются. Но месяц назад жена сказала, что любит другого мужчину и хочет уйти к нему. Марк пытался остановить супругу, долго уговаривал остаться. Но Анжела была непреклонна. Она говорила, что всегда хотела другой жизни для себя и дочки, каковую Марк обеспечить не в состоянии.

– Одни мужчины из дерьма конфетку сделают, а ты даже с конференции кондитеров ведро навоза привезешь! – в сердцах бросила жена.

Марк страшно оскорбился и тоже наговорил гадостей в ответ. Через пару дней, вернувшись с работы, мужчина обнаружил, что квартира пуста, а вещи жены и дочки исчезли. Он проклинал вероломную супругу и страшно скучал по дочке. Марк звонил жене и просил о регулярных встречах с Ритой, но Анжела говорила, что они живут за городом и разрешала только телефонные разговоры в своем присутствии.

Оставшись в одиночестве, Марк почувствовал, что в нем перегорела какая-то важная батарейка, питавшая жизненные силы. Он стал выпивать каждый вечер. Какое-то время ему удавалось совмещать работу и свое новое «хобби», но дней десять назад он ушел в глухой запой. На работе Марк попросил недельный отпуск «по болезни». Алкоголь и жалость к себе постепенно меняли его мироощущение. Ревность и обида сменились апатией, безволием, депрессией и покорностью. Он начал понимать, что без посторонней помощи не сможет выйти из этого состояния.

– Анжела, я тебя прощаю, – Марк вел долгие разговоры с фотографией жены, которые, как правило, заканчивались пьяными слезами. – Знаю, что ты совершила ошибку. Это со всеми бывает. Скорей всего, это любовник тебя настроил против меня. Гад какой... Но вот если ты вернешься и вытащишь меня из этой задницы, в которой я оказался... по твоей, заметь, вине... я покажу тебе, что способен на многое. Я тебе обещаю: все изменится! Я ведь тебя люблю. А еще я очень скучаю по дочке. Верни мне ее...

Запой не отпускал Марка. Начиная трезветь, он ощущал тяжелое похмелье, заглушить которое можно было только очередной дозой алкоголя. Из-за такого состояния он даже перестал звонить дочке, уйдя в свою параллельную реальность.

Марк озадаченно почесал затылок и попытался «прочухаться».

«Интересно, а какой сегодня день?» – озадачился мужчина, вспомнив о том, что обещал выйти на работу в понедельник. Он взял смартфон. Календарь показывал среду, журнал отображал десятки непринятых звонков, в том числе от начальника, а в мессенджере HR-менеджер сообщала, что Марк уволен за прогулы и может прийти за расчетом.

– Черт, а на что я буду водку покупать? Взяли и с работы уволили, козлы. Не дают человеку немного поболеть! – с раздражением бормотал Марк, но потом решил, что не все так плохо. – Так, мне же расчет дадут. Какое-то время хватит продержаться, а там что-нибудь придумаю. Пару дней спокойно побухаю, а в пятницу заберу деньги и начну искать новую хорошую работу. Решено. После выходных начинаю новую жизнь.

Марк успокоился: план на ближайшие дни его вполне устраивал. Нужно было только найти бухло. Он окинул взглядом свою скромную квартиру – она представляла собой жалкое зрелище. Все горизонтальные поверхности были заставлены пустыми бутылками, немытой посудой и пластиковыми контейнерами с остатками еды, источавшими отвратительные «ароматы», к которым Марк уже привык и дискомфорта от них не ощущал.

– Да, вконец я засрал квартиру. Анжела бы меня за такое убила, – пробурчал Марк. – Интересно, у меня депрессия из-за разрыва с любимой женщиной или я стал типичным засранцем и алкашом? А вот надо выпить и поразмыслить над этим вопросом.

Мужчина с трудом встал и прошелся по квартире. «Чмок, чмок» – судя по звукам от соприкосновения ступней и грязного пола, можно было подумать, что Марк во время ходьбы использует присоски. Его это позабавило.

– Еще месяц такой жизни, и я смогу ходить по потолку.

Марк начал осматривать пустые бутылки в надежде, что в них найдется хоть немного недопитого алкоголя. Ему повезло: в одной из них плескалось примерно сто грамм теплой и вонючей водки. Немного, но хватит слегка поднять настроение и заглушить похмелье.

– Маленько полежу, а потом схожу за бухлом в магазин.

Марк вернулся на уютный диван. Грязная одежда, серая простынь, дурно пахнущая наволочка со следами соплей и слюней его уже не смущали. Мужчина хотел было опять поспать, но противный телефон снова начал трезвонить. На экране высветился неизвестный номер. Сначала Марк хотел сбросить звонок, но потом решил взять. Нужно было найти деньги на алкоголь, а приятели и родственники уже не хотели ему занимать. Что ж, вдруг владелец незнакомого номера окажется более щедрым и порядочным, чем люди, которые многие годы записаны в его телефонной книжке, но не проявляют должной эмпатии к его душевным страданиям?

– Алло! Ваш звонок важен для нас!

После водки настроение Марка было уже получше.

– Здравствуйте. Меня зовут... эээ... неважно. Это Марк? – из трубки послушался неуверенный женский голос. Довольно приятный, кстати.

– Будете предлагать кредит или страховку? А, может быть, страховку в кредит? – веселился мужчина.

– Нет. Вы не так поняли. Я звоню по поводу вашей жены. Мне нужно с вами встретиться и поговорить. Может быть, где-нибудь в ресторане?

«Так, а это уже интересно. Хм, неужели решила вернуться и хочет через свою подружку провести разведку? – думал Марк. – Да, какой-то психолог писал, что так часто бывает. Любовник быстро надоедает, и женщину тянет к привычному и надежному мужу. Значит, перебесилась и обратно собралась. Это хорошо. Надо встретиться с этой неизвестной мадам. Денег на ресторан у меня нет. Приглашу к себе. Пусть подружка посмотрит и расскажет Анжеле, до чего я без нее докатился. Будет ей дополнительный стимул, чтобы вернуться и меня выручить из беды. Женщины же любят кого-нибудь спасать: щенков, котят, разных птичек. Чем я хуже?».

– Алло, вы меня слышите? – женщина, видимо, была немного смущена затянувшейся паузой.

– Да, извините. Дело в том, что я серьезно болен. До ресторана не смогу дойти. Приходите лучше вы ко мне. А еще… можете купить по пути бутылку водки или виски? У меня очень болит нога, врач прописал спиртовые компрессы.

Теперь уже женщина замолчала. Видимо обдумывала предложение Марка.

– Ало! Вы слышите меня? Мне вас ждать?

– Хорошо. Диктуйте адрес, – взволнованно ответил голос.

Марк продиктовал адрес, завершил звонок и довольно ухмыльнулся. Он уже предвкушал победу.

«Нет, психологи все-таки не дураки. Надо же, как они быстро мою женушку раскусили! Написали, что вернется, и вот вам, пожалуйста. Конечно, сразу я не соглашусь возвращаться. Пусть побегает за мной. А я «повыделываюсь». А то взяла, ушла к любовнику! Нет, такое просто так я не прощу! Пусть раскаивается и борется за меня, а я буду свои условия диктовать. Эх... А все-таки хорошо, что Анжела вернется. Язвительный Антон называет мою тоску по жене фантомной «подкаблучковой» болью. Да что он понимает в браке? Сам весь такой свободный и убежденный холостяк. Фигня это все. Бездомные псы всегда завидуют сытым и ухоженным домашним питомцам. Она наломала дров, но я ее все равно люблю... Хе-хе, чем же ей любовник не угодил? Может быть, писюн маленький? Ха-ха! Или она его уволила за постельную профнепригодность? Да, Анжела у меня барышня привередливая. Халтуру в этих делах не принимает. Контроль качества на каждом этапе производства».

С этими сладкими мыслями Марк задремал.

# Глава 2

ЧЕРЕЗ НЕКОТОРОЕ ВРЕМЯ его разбудил звонок в домофон. Тяжело крякнув, мужчина поднялся с дивана, дошел до двери и нажал кнопку. Прислонившись к стене, он дождался пока неведомая гостья поднимется на его этаж. Впервые за десять дней Марк увидел себя в зеркале – оттуда на него смотрело косматое и помятое нечто, больше похожее на мордашку мопса или сушеное киви.

«Я похож на сумасшедшего художника или ученого. Жалко, что у меня очков нет. Ладно, вернется жена – брошу пить и сразу стану лучше, чем был», – успокоил он себя, приглаживая торчащие в разные стороны непослушные волосы.

Раздался осторожный стук, и Марк открыл дверь. На пороге в ярком летнем платье стояла симпатичная миниатюрная женщина лет тридцати с тонкими аристократическими чертами лица, выразительными глазами, светлыми волосами и аккуратным носиком, который моментально сморщился, уловив запахи, хлынувшие тугим потоком из квартиры.

– Проходи...те, – икнул Марк. – Чувствуйте себя как дома. И кстати, можете не разуваться. У меня пол какой-то... прилипчивый.

– Главное, чтобы вы вели себя прилично, – сказала женщина и, испуганно озираясь, неохотно переступила порог. – А почему у вас так отвратительно пахнет? Здесь кто-то умер? – робко спросила она.

– Здесь умерла любовь, – театрально заверил Марк, откинув голову и приложив ладонь ко лбу.

– Видимо, довольно давно. Не знала, что погибшая любовь пахнет тухлятиной, перегаром и грязной одеждой.

– Хм, это уже нотки депрессии и разбитых надежд. Видите, до чего меня довела жена. Страдаю, чахну и ничего с этим поделать не могу. Ладно, пойдемте кофе пить, – предложил Марк.

Он развернулся и медленно побрел к дивану. Женщина последовала за ним, пребывая в оцепенении от увиденного бардака. Казалось, что на раскопках Помпеи и то было как-то чище и аккуратней.

– Давайте пошире откроем окна и проветрим вашу берлогу, – предложила женщина.

– Валяйте! – Марк плюхнулся на диван и указал женщине на кухню. – Там чайник есть и кофе в пакетике. Кстати, а вы мне водку принесли для компресса?

– Даже лучше! Я в аптеке спирт купила. Для компресса он лучше подойдет.

Марк скривился, но выбирать все равно не приходилось. В конце концов, лучше спирт в руке, чем водка в магазине.

– Ну хорошо, поставьте на стол, – разрешил мужчина. – Вас, кстати, как зовут?

– Диана.

– Что-то я вас не припомню среди подруг моей жены. Вы новая? Ее, наверное, все старые бросили, и она набрала неофиток в свою тоталитарную «мужененавистническую» секту, – хрипло рассмеялся мужчина.

– Я не подруга вашей жены, – твердо сказала женщина и зло отвернулась к окну.

– А кто же? – озадаченно спросил Марк.

– Я жена того мужчины, к которому ушла ваша супруга, – с каким-то непонятным вызовом ответила Диана.

– Чего? – удивился Марк. – И зачем вы ко мне приперлись?

– Не знаю...

– В смысле «не знаю»?

– Сначала я хотела вас отругать и выцарапать вам глаза, – грустно сказала Диана. – А теперь не знаю. Все сложно. Зря я пришла.

– Интересно, а за что мне выцарапывать глаза? Что за странные необузданные желания? – опешил Марк. – Теперь я понимаю, почему от вас муж ушел.

– За то, что вы за своей женой не уследили, – резко сказала женщина.

– Что за глупости? Как можно за живым человеком уследить? – недоуменно спрашивал Марк. – Ходила себе на работу, иногда задерживалась. А потом сказала, что уходит. Слышал, что к какому-то коллеге. Да какая сейчас разница...

– Я теперь тоже понимаю, почему она ушла. Какая женщина от такого не сбежит? – Диана развела руками, широким мазком указав на бомжеватого Марка и бардак в квартире. А потом она с сожалением и снисхождением посмотрела на мужчину. – Вы знаете, я сейчас подумала... А вы ведь спирт пить будете?

– Глупости какие! Что вы такое говорите, – не слишком убедительно возмутился Марк. – Пришли ко мне домой и оскорбляете!

– У меня отец был алкоголик. Я ведь все вижу. Давно вы уже так... эм... оттопыриваетесь?

– Ладно! Не давите на психику, – Марк начал всхлипывать. – Никакой я не алкоголик. Подумаешь, пару баночек пива выпил... вчера. Из-за этой ситуации. Мне тяжело. Не могу остановиться. Знаете, я сам себе противен. Жена дочку забрала, я скучаю.

– Простите. Я, наверное, пойду, – смутилась Диана. – Знаете, мне тоже невероятно больно. Муж бросил меня. Я осталась совсем одна, и не знаю, как дальше жить. Но пьянство – это не выход. Чисто по-человечески вас предупреждаю. Не закапывайте себя. До свидания! Извините...

Диана торопливо покинула квартиру.

– Жена любовника жены... Бывает же такое, – задумчиво пробормотал Марк.

Он был опустошен из-за глупого разговора и крушения надежд относительно скорого возвращения супруги. Встал с дивана и взял пузырек со спиртом. Какое-то время он смотрел на него, вспоминая слова Дианы.

– А, плевать, – Марк взял грязную, с коричневым налетом, кружку, плеснул туда воды, добавил содержимое пузырька, поднес ко рту, но пить не стал. – Нет! Черт, в кого я превращаюсь? Животное какое-то... Нет, так нельзя!

С этими словами он вылил содержимое кружки в раковину. Проклиная свою жизнь, жену и непонятную Диану, мужчина вернулся на диван. Настроение испортилось окончательно. Марк пытался уснуть, но сон никак не шел. Он долго маялся и ворочался.

– Да что эта Диана понимает в моей жизни? Предупреждает она...

С этими словами Марк накинул рубашку, открыл дверь и вышел в подъезд. Заняв у соседа немного денег, он купил в магазине бутылку дешевой водки.

# Глава 3

ДИАНА ВЕРНУЛАСЬ В ПУСТУЮ квартиру. Она была взволнована из-за дурацкой и неприятной встречи с Марком. Чтобы хоть немного успокоиться, заварила ромашковый чай, достала из холодильника шоколадку, взяла ноутбук, устроилась на диване и погрузилась в тяжелые и грустные размышления.

Она довольно рано вышла замуж за Алана – статного, красивого парня с напористым и своенравным характером. Он быстро пошел по карьерной лестнице и к тридцати годам стал топ-менеджером в довольно крупной компании. В семейной жизни у него сразу проявились диктаторские замашки. Каждый раз, когда она пыталась перечить Алану, тот угрожал ее бросить. Диана, желавшая спокойствия в семье, постепенно покорилась воле властного мужа, который много зарабатывал и фактически управлял ее жизнью. Детей у супругов не было, несмотря на многолетние попытки их завести. Диана проверялась у врачей, и с ее здоровьем было все нормально. А вот Алан даже слышать не хотел об анализах и исследованиях, считая это ниже своего достоинства. Фактически отсутствие детей отчасти стало решением Алана.

– Дочь, уходи от него! Он превратил тебя в прислугу, в домашнее животное! – плакала в телефонную трубку мама.

Но в какой-то момент девушка искренне перестала понимать, что именно так беспокоит родителей. Диана настолько привыкла быть ведомой даже во вред себе, что теперь чувствовала страх перед жизнью и будущим. Она не могла допустить и мысли о другом мужчине. За десять лет семейной жизни Алан внушил жене, что она

– невзрачная дурнушка, никому кроме него не нужная. А теперь... даже он ее бросил.

Диана много раз вспоминала тот день, когда супруг решил уйти. Спокойно и деловито он заявил, что любит другую, а их брак ему опостылел. Алан не захотел ничего объяснять, лишь сказал, что пока поживет в их загородном доме. На прощание он велел собрать его вещи. На следующий день за чемоданами заехал помощник.

Пожалуй, единственное, за что можно было в этой ситуации похвалить Алана – он продолжал обеспечивать жену деньгами и не требовал выселиться из общей квартиры. Пока... Но Диана понимала, что муж уже обратился к адвокату по бракоразводным делам. Как дальше жить? Будучи в полном смятении, она решила узнать, к кому же ушел супруг. Через подругу, которая работала в компании Алана, она выяснила, что тот увлекся своей подчиненной. Узнав имя коварной и красивой соперницы по имени Анжела, Диана нашла ее в социальных сетях. Опасаясь гнева Алана, она побоялась писать разлучнице напрямую, а решила поговорить с ее мужем. Чего Диана хотела добиться этим разговором, чем Марк мог бы помочь ей в этой ситуации, она и сама не знала.

– Господи, зачем я пошла к этому алкашу? Что я хотела сму доказать? Ну почему я такая дура? – причитала Диана. – Я должна перестать быть рохлей и трусихой! Я должна вернуть Алана! Что же делать? Может быть, поискать в интернете?

Она вбила в строку поиска запрос «Как вернуть мужа», и на экран высыпались десятки роликов от психологов, предлагающих самые точные, действенные и надежные советы по этому вопросу. Диана начала изучать ленту и наткнулась на ролик некоей Анфисы Чепушанской – черноволосой женщины средних лет. Образ дамы внушал доверие и уважение: профессиональный мейкап, монументальные золотые серьги и острый всепроникающий взгляд. Серьезное и слегка надменное выражение лица свидетельствовало о богатом жизненном опыте и обладании знаниями, недоступными для простых смертных.

«Такая тигрица не только мужа от любовницы вернет, она его в пять минут даже из тюрьмы вытащит», – впечатлилась Диана и запустила ролик.

Многоопытная Анфиса начала вещать.

– Здравствуйте, мои дорогие! Я – Анфиса Чепушанская, опытная психологиня. Кстати, многие клиентки, ставшие моими лучшими подругами, называют меня «психолобогиней». Что ж, вынуждена с этим согласиться. За годы своей практики я вернула более четырех тысяч мужей, некоторых даже по несколько раз. Этому будет посвящена серия моих роликов. В первом видео мы разберем тему отчаяния. Действительно, прежде чем рассказать вам, мои зрительницы, о том, что нужно сделать для возвращения мужа со стопроцентной гарантией (кстати, подписывайтесь на мой канал, ставьте лайки и перечисляйте донаты), я скажу, чего делать нельзя ни в коем случае! – безапелляционно заявила психологиня.

«Вот есть же мудрые и сильные женщины», – восхитилась Диана.

Она послушно подписалась на канал, поставила лайк и продолжила слушать.

– Самое главное – не нужно отчаиваться и посыпать голову пеплом. Некоторые женщины попросту перестают за собой следить и превращаются в толстых нечесаных лахудр в старых халатиках, заедающих свое горе тортиками и конфетами. К такой женщине муж не вернется!

Диана остановила просмотр, бросила взгляд на шоколадку и испуганно ее отодвинула от себя. Женщина стала напряженно думать.

«А ведь Анфиса правильно говорит. Запускать себя нельзя. Я должна отлично выглядеть. Завтра же запишусь в салон красоты и на спа-процедуры. Ой! А что, если муж решит ко мне вернуться, но его не будет отпускать эта гадкая Анжела? Очень может быть. Она точно не захочет возвращаться к своему противному алкоголику Марку. Там ведь в квартиру зайти невозможно из-за запахов погибшей любви. Вот она и будет препятствовать. Что же делать? Божечки, точно! Нужно помочь Марку тоже стать снова нормальным и приятным человеком. Необходимо объединиться. Я буду возвращать мужа, а он – жену. А поможет нам в этом Анфиса Чепушанская! Так у нас все гораздо быстрей и надежней получится. Решено!»

Диана досмотрела видео, выключила ноутбук, допила остывший чай и стала укладываться спать. «Я верну мужа! Правильно Анфиса говорит: не отчаивайтесь. Главное, чтобы Марк согласился все делать по психологической науке. Пойду к нему прямо с утра. Хватит быть рохлей. Я стану сильной. Мир, встречай новую, мощную и уверенную меня!» – мечтала Диана.

Женщина долго не могла уснуть, воображая себя воинственной амазонкой, которая мчится на белоснежном коне и поражает соперниц изящным копьем. Спала Диана тоже неспокойно. Ей приснилось, что Алана захватило племя пышногрудых красоток. Они держали мужчину в большом шатре и заставляли делать всякие непотребства. Вооружившись мечом, Диана ворвалась в их деревню и расправилась с похитительницами. Потом она нежно взяла на руки обессилевшего от мучений Алана и принесла его домой.

# Глава 4

И СНОВА ЖИЗНЬ БЫЛА приятна и удивительна. Марку снился тот же самый сон про отдых в Испании, бесплатный виски и пару красоток, затащивших его в шикарный пентхаус. Девушка вновь наклонилась к его уху, но в тот же момент начала стучать кулаком по спинке кровати.

«Видимо очень меня хочет», – в голове Марка проносились сладострастные мысли. Но девушка не приступала к исполнению разных штучек, а с ошалелым видом продолжала лупить кулаком по деревяшке.

– Любимая, давай займемся чем-нибудь более интересным! – раздраженно сказал Марк и попытался поймать ее руку. Но его ладонь вновь пролетела сквозь призрачный образ.

«Какое-то гребаное дежавю», – грустно подумал мозг и проснулся. В дверь кто-то барабанил.

– Да ёклмн, что ж происходит? Не пристанище несчастного мужчины, а проходной двор! – выругался Марк.

Он с трудом поднялся и потопал в прихожую. Провернул замок и открыл дверь. В проеме стояла вчерашняя знакомая Диана.

– Привет! Снизу дверь была открыта. Войду? Дело есть!

Не дожидаясь ответа, женщина протиснулась в квартиру.

– Привет! Заходи… те, – икнул Марк. – Опять пришла хулиганка меня зрения лишать? Хотите все-таки исполнить задуманное? Учтите, я буду отчаянно сопротивляться. Без глаз неудобно алкоголь в магазине выбирать.

– Ой, да ладно! Что ты там выбираешь? По бутылкам же видно, что пьешь самую дешевую водку. Ты ее уже на ощупь найдешь. И вообще, я передумала лишать тебя зрения. Оказывается, ты мне нужен живой и красивый. Кстати, давай на ты? – чувствовалось, что Диана пребывает в каком-то деятельном возбуждении.

– Давайте... Эм, давай, – безразлично ответил Марк.

– Отлично! Слушай, ты хочешь вернуть свою жену?

– Я уже в процессе...

– И какой у тебя план?

– Чем план проще, тем он надежней, – начал разглагольствовать Марк. – Я прочитал в интернете, что почти все жены возвращаются от любовников. Для усиления эффекта я решил пить и опускаться на дно, чтобы Анжела увидела мои страдания и решила спасти, как маленького грязного щеночка. Кстати, я уже немного на него похож. Особенно, когда лежу, свернувшись калачиком.

– Это, видимо, должен быть какой-то сильно пьющий щеночек. Я таких не встречала...

– Что?

– Знаешь, Марк, у тебя довольно энергосберегающий план. Ты лежишь, пьянствуешь, а жена сама собой постепенно возвращается. Просто восхитительно. Я бы даже сказала, гениально.

– Спасибо! Рад, что у моего таланта появились фанаты. Только обойдемся без аплодисментов, а то голова болит.

– А как ты думаешь, твоя жена захочет вернуться к алкоголику от мужчины, у которого есть собственный загородный дом в престижном поселке?

– А что, у него вот прям большой дом?

– Огромный.

– Беда, – промычал Марк. – А что, у него и дорогая машина, наверное, имеется?

– Даже две. И большая зарплата. Он, между прочим, топ-менеджер в крупной компании.

– Беда пришла не одна. Она привела своих родственников и подруг, – всхлипнул Марк. – Оказывается, мой план не совсем надежный и чуть менее гениальный, чем я думал. В нем есть подводные камни. Эх, столько времени и сил потрачено впустую... А что же теперь делать?

– Взбодрись! Хватит ныть! Я нашла отличную психологиню, которая дает фантастические советы! Она поможет нам вернуть своих любимых! Ты заберешь жену, я заполучу назад мужа! Всем будет хорошо! Но мы должны с тобой объединиться! Согласен?

– Если метод такой надежный, почему бы и нет, – Марк приободрился. – Я бы хотел вернуть дочку и Анжелу.

– Отлично! Я знала, что мы поладим! Только пореже упоминай имя своей благоверной, а то ее имя звучит так, будто гору пенопласта обрабатывают гигантской стеклянной пилой. Бр-р-р.

– Постараюсь, – скривился Марк. – А как твоего мужа зовут?

– Алан. Красивое имя, правда?

– Почти как Анжела.

– Отомстил? Понимаю, – фыркнула Диана. – По крайнем мере, голова у тебя еще работает. Ладно, давай разрабатывать план и приступать к конкретным действиям.

– И что нужно делать?

– Психологиня Анфиса Чепушанская говорит, что нельзя отчаиваться и опускаться. Наоборот, нужно себя любить. Посмотри на себя! Как я уже говорила, ни одна женщина не захочет возвращаться к алкоголику. Тем более от такого мужчины, как Алан. Даже к тому, кто похож на щеночка. Поэтому ты должен прекращать пить. И не спорь! Иначе жена не вернется, – с этими словами Диана одним махом схватила вчерашнюю бутылку с остатками водки, быстро ушла в ванную комнату и слила содержимое в раковину.

У Марка разрывалось сердце от звуков этого перфоманса, но он не решился сопротивляться. Слишком уж настойчивой и безапелляционной сегодня была Диана, да и жену с дочкой действительно хотелось вернуть.

— А теперь вставай, и мы будем делать уборку! — заявила Диана. — Нужно навести здесь порядок!

— Это точно не сегодня. У меня похмелье. А теперь, когда ты водку вылила, я до завтрашнего утра даже встать не смогу. Давай завтра уберемся или как-нибудь на неделе.

Оценивающим взглядом Диана окинула маленькую, но чрезвычайно загаженную квартиру, потом закрыла глаза и сложила руки в молитвенном жесте.

— Так... У нашего сомельé случилось похмельé. Ладно! Это нужно для блага общего дела, — сама себе сказала Диана, а потом посмотрела на Марка. — Нет времени. Они с каждым днем привыкают друг к другу. Чем быстрей мы будем действовать, тем больше шансов на успех. Я у тебя сегодня приберусь. Но это первый и последний раз. Не вздумай снова засрать квартиру! Голову оторву! Понятно?

Марк клятвенно пообещал, что будет содержать жилье в идеальном порядке и образцовой чистоте. После этого Диана сходила в магазин за моющими средствами, шваброй и тряпками. Потом она развернула кипучую деятельность. Несколько раз бегала к мусорным контейнерам, чтобы очистить квартиру Марка от пустых бутылок и прочего хлама. Потом перемыла всю посуду и начала оттирать полы. Она заставила Марка поменять постельное белье, загнала его в душ, велела побриться и потребовала одеть чистую одежду.

Приведя себя в порядок, Марк впервые за многие дни увидел в зеркале свою физиономию без щетины. Несмотря на припухлости и «совиные» от алкоголя веки, у него было приятное лицо, а темные волосы и карие глаза добавляли шарма.

— Ну, вот видишь, оказывается, ты у нас — красавчик. Ну почти, — похвалила Диана. — Жена к такому обязательно вернется.

Марку было немного стыдно за то, что практически незнакомая женщина убирает его жилище. С другой стороны, истосковавшийся по женской заботе и утомленный эротическими снами Марк, был польщен вниманием. Тем более, разгоряченная и разрумянившаяся от работы Диана была страсть как хороша. Он так увлекся наблюдением за ее точеной фигуркой, что почти забыл о похмелье и душевных страданиях.

ЧЕРЕЗ ПАРУ ЧАСОВ КВАРТИРА сияла чистотой и источала приятные запахи.

— Я закончила. Вот смотри, мы сделали с тобой первый шаг — избавились от отчаяния, настроились на позитив и привели в божеский вид одного алкоголика с его берлогой. Видишь, как сразу хорошо стало? Ты же избавился от отчаяния, Марк?

— Почти, — послушно кивнул Марк. — Практически полностью.

— Молодец. А теперь мы посмотрим второй ролик Чепушанской.

Диана достала смартфон и нашла новое видео. Они с Марком устроились на диване и стали внимать мудростям.

— Следующий шаг, девочки — вы должны начать себя уважать. Вас бросили. Это трудно, это бьет по самолюбию, по достоинству. Но поймите, что вы в этом не виноваты. Найдите силы снова себя полюбить, найдите причины для гордости и самоуважения. Кстати, в этом вам помогут мои курсы по йоге. Переходите по ссылке.

Марк и Диана вопросительно посмотрели друг на друга.

— Да, задачка... Вот тебя за что можно уважать? — спросила Диана.

— Даже не знаю. Я плохо в этих психологических штучках разбираюсь, да и голова болит, — пожал плечами Марк. — Может быть, ты начнешь? А я продолжу.

— Что ж. Я хорошо училась в школе.

– Ну, так половина людей может сказать.

– Ладно. Мне кажется, что я неплохо пою.

– В душе? – улыбнулся Марк. – Мощное достижение...

– Хм. Я занималась спортом, правда, в детстве.

– Так и вижу, как ты бежишь по беговой дорожке, поешь песни и читаешь учебник истории.

– Слушай, тебе ничего не нравится! Ты помогаешь или, наоборот, пытаешься меня в комплексы загнать? Мы вообще-то в одной команде! – недовольно сказала Диана.

– Ну а в чем смысл гордиться какой-то ерундой? А вдруг это на результат повлияет. Вот я буду ходить и гордиться тем, что хорошо кушаю, могу за один раз бутылку водки выпить, а в детстве слушался маму. И как мне это поможет вернуть жену?

– Да, ты прав, – Диана смутилась и поджала губы. – Тогда получается, что я бесполезная и бестолковая личность. Я даже не могу придумать, за что могла бы себя уважать.

– Ты не одна такая... Я ничем не лучше. Неудавшийся бизнесмен, начинающий алкоголик и перспективный бездомный. Единственное, в чем я преуспел – обзавелся рогами и долгами. Весьма сомнительное, кстати, достижение.

– Так, может быть, мы заслужили то, чтобы от нас ушли? Ну кто будет с такими бедолагами жить?

– Погоди, есть идея, – Марк задумался. – Послушай, это ведь не мы их бросили? Правильно? А вот ты мужу изменяла?

– Нет!

– И я нет! Значит, мы с тобой честные и верные! А в мире ничего больше этого не ценится! А! Как я придумал!

– Слушай, точно! – обрадовалась Диана. – А ты большой молодец! Знаешь, я как-то сразу почувствовала прилив сил и стала больше себя ценить!

– Я тоже.

– А давай еще немного йогой позанимаемся, раз у нас так хорошо пошло наше дело.

– Я не против. Но максимум, на что я сегодня способен, это дыхательные упражнения, – грустно усмехнулся Марк.

– Ты про алкоголь забудь! Как минимум, до тех пор, пока я себе мужа не верну. Потом делай, что хочешь. Ладно, я включаю йогу. Ага, отлично, дыхательные занятия.

Из динамиков снова полился голос Анфисы Чепушанской.

– Расслабьтесь. Подумайте о чем-нибудь приятном. А теперь вздохните полной грудью...

– Эх, как вздохнуть тем, что не выросло? – пробурчала Диана.

– Не наговаривай на себя, – улыбнулся Марк. – Все у тебя в порядке. Есть что предъявить.

– А муж говорил, что мою грудь должны микробиологи изучать. Ему всегда нравилось все большое.

– Твой муж – мудак. Нельзя такие вещи женщинам говорить. Если бы я подобное жене сказанул... Ну, не знаю. Носил бы сейчас свои яйца в коробочке, а с окружающими говорил фальцетом.

– Суровая у тебя жена. Представляю, как бы ты разговаривал фальцетом: «Женщина, вы хотите мне глаза выцарапать? Нинна-а-ада!» – рассмеялась Диана. – Слушай, надо быстрей моего мужа возвращать, а то он что-нибудь брякнет лишнее и вернется в некомплекте.

– Такой исход весьма вероятен, – улыбнулся Марк.

– Знаешь, я твою жену только на фотографии видела. Скажи, а Анжела красивая в жизни? У меня есть шансы против нее? – осторожно спросила Диана.

– Красивая. Про таких говорят: «эффектная блондинка». У твоего Алана хороший вкус. Поздравляю. Видимо, тебя еще размер груди интересует? Третий уверенный, – с удовольствием рассказывал Марк.

– Сволочь ты, Марк. Разве можно такие вещи женщине про любовницу мужа рассказывать?

– Ну извини. Ты спросила, я ответил. Я же не священник, чтобы тебя успокаивать. Но шансы у тебя определенно есть. У Анжелы яркая красота, показная. А у тебя другая – скромная и естественная.

– Так обычно говорят про некрасивых подруг, – хмыкнула Диана.

– Почему ты на меня сердишься, будто это я к чужой жене ушел? Сама же говоришь, что мы в одной команде. Поэтому считаю своим долгом рассказывать все, как есть, а не заниматься, понимаешь, приукрашиванием действительности и очковтирательством. Знаешь, я ведь тоже твоему Алану проигрываю по всем позициям. Но надежду не теряю. Может, кофе выпьем?

– Давай! И я пойду домой. Я сегодня так уморилась. Но это приятная усталость. Мы сегодня хорошо продвинулись. И еще. Марк, не обижайся, но я тебя запру и заберу ключи, чтобы ты не побежал за алкоголем. Нельзя, чтобы ты все испортил.

Марк смутился, оскорбился, изобразил недовольство и негодование, но под строгим взглядом Дианы съежился и согласился.

«Вылитый щеночек», – подумала Диана и покинула апартаменты Марка.

# Глава 5

ЖИЗНЬ БЫЛА ТАК СЕБЕ. Без алкоголя в мозгу перестала работать развлекательная программа с красивыми роликами. Вместо Испании семья поехала на отдых в Афганистан, паспортный контроль занял несколько часов. В баре было пусто, а на стойке красовалась надпись: «Алкоголя нет и никогда не будет. За распитие спиртных напитков – расстрел». Потом бородатые гиды с автоматами повезли Марка, жену и дочку на плантацию мака. После долгой и мучительной работы Марк присел на краю поля, но какой-то местный житель, внезапно материализовавшийся рядом, начал что-то говорить на непонятном языке. Звучало это так, как будто кто-то неумело ковыряет ключом в замочной скважине. «У меня не только жизнь дерьмовая, но теперь даже сны отвратительные», – подумал мозг и от досады проснулся.

Оказалось, что Диана долго ковырялась со старым замком, но все-таки в какой-то момент смогла его одолеть.

– Привет, Марк! Начнем новый день с ролика Анфисы? – она включила видео на смартфоне.

– Дай хотя бы помыться и привести себя в порядок, командирша, – пробурчал Марк и скрылся в ванной комнате.

Через некоторое время он вернулся, заварил кофе, и парочка стала смотреть очередной ролик.

– Милые девочки! Добиться самоуважения невозможно без яркой и красивой одежды. Ушедший муж будет в восторге от вашего нового образа. А если он захочет с вами близости, то купите себе еще и эротическое нижнее белье. Пойдите в ближайший магазин сети

Loveshion. Там на этой неделе действуют отличные скидки на одежду и нижнее белье. Возьмите с собой подругу, пусть она оценит ваш новый образ. А заодно купит что-нибудь себе.

— Надо идти! Чепушанская все правильно советует. Повышать самооценку и возвращать беглых супругов невозможно в старой одежде и невзрачном нижнем белье. Собирайся. Нам жизненно необходимо отправиться на шопинг! Тем более нельзя пропустить такие скидки.

— Но у меня нет денег. Да и не нужна мне новая одежда. И вообще, Анфиса говорит, что надо брать с собой подружек! — запротестовал Марк.

— Возражений не принимаю! — отрезала Диана. — Помнишь? Мы в одной лодке.

— Как бы эта посудина не оказалась Титаником?

— Возражений не принимаю! Марк, давай-ка не кисни и возвращай оптимистичный настрой! Сегодня ты будешь в роли моей подружки. О финансах не переживай, у меня есть небольшие накопления. Купим тебе одежду, а деньги вернешь, когда устроишься на работу.

Целеустремленная Диана и взятый в оборот Марк двинулись в ближайший молл. Там парочка провела почти целый день. Они долго примеряли и покупали одежду. Какое-то время провозились с нижним бельем. Диана набрала себе несколько разных комплектов и собственноручно купила сопротивлявшемуся Марку леопардовые стринги. Ближе к вечеру уставшие, но довольные они наконец вышли из торгового центра.

— Марк, давай на такси поедем ко мне домой. Тебе нужно будет оценить мое нижнее белье. Я посмотрю, как выглядит твое.

— Это зачем? — удивился Марк. — Что за «Модный приговор»?

— Ты меня удивляешь. Чепушанская сказала, что подружка должна оценить новый соблазнительный образ.

— Так попроси это сделать подружку!

– У меня нет близких подруг. За годы брака с Аланом я их всех растеряла. Марк, мне эта идея тоже не очень нравится, но выбора нет – мы должны друг другу помогать.

– А ты не боишься оставаться наедине с малознакомым мужчиной? – усмехнулся Марк.

– Не боюсь, – уверенно ответила Диана. – Ты ведь любишь свою Анжелу. Да и в целом человек хороший. А между нами исключительно деловые отношения. Так? Я ведь могу тебе доверять?

– Конечно, – Марк пожал плечами и кивнул.

Честно говоря, мужчина, еще не отошедший от последствий запоя, до сих пор не совсем понимал, что происходит, а просто плыл по течению и подчинялся указаниям невесть откуда взявшейся и крайне целеустремленной женщины.

После поездки в такси парочка поднялась по лестнице и вошла в квартиру. Марк и Диана освободились от пакетов и со стонами удовольствия сняли обувь.

– Давай попьем кофе и начнем примерку, – предложила Диана.

Марк устало кивнул.

Подиум устроили в зале. Диана переодевалась в спальне, а потом показывала свои наряды Марку. Начала она с нижнего белья.

– Ну как? Хорошо? Спереди? Сзади? – спросила Диана, выйдя в шелковом белье красного цвета.

– Хорошо, – ответил Марк, сглотнул слюну и закинул ногу на ногу.

– А это как? Алану понравится? Давай я покручусь – Диана продефилировала в черном комплекте.

– Хорошо, – ответил Марк, почесал двумя руками голову и зажмурился.

– А как тебе вот это? – Диана разгуливала в белом кружевном наборе – ажурном бюстгалтере и стрингах.

– Отлично, – выдавил Марк, кусая палец.

– Слушай, ты отвечаешь одно и то же! Нужно ответственней отнестись к нашему общему делу. Соберись!

– Диана, извини, это сложно. У меня четыре месяца не было женщины. А белье очень красивое. И ты тоже. А твои лифчики просто счастлифчики.

– Марк! Ты эти мысли брось! Мы же делаем общее дело! У меня вообще мужчины не было полгода с тех пор, как эти предатели закрутили роман. Но я же не унываю! Мы с тобой, как братья по оружию! Понимаешь? Если твой боевой товарищ оденет стринги, ты ведь не будешь себя так вести, правильно?

– Определенно нет, – ответил Марк и поджал губы.

– Вот это правильно! Мы ж братаны. Давай, еще немного осталось. Мне нужно кожаный набор тебе показать.

– Да что ж такое! Можно я в ванную комнату схожу? – взмолился Марк.

– Зачем тебе туда? – удивилась Диана.

– Что за вопросы! Зачем туда люди ходят? Пописаю, причешусь, водички попью...

– Хм. Ну, если это поможет делу, то сходи. Я не против, – понимающе ответила Диана. – Я пока переоденусь.

Марк вернулся через десять минут и уже в более спокойной обстановке помог выбрать наиболее соблазнительный наряд. Решили, что в самый ответственный момент стоит попробовать кожаный набор. Затем настал через Марка. В спальне он надел леопардовые трусы и предстал в них перед Дианой.

– Ну как? Смогу я в этом соблазнить жену?

– Знаешь, Марк, это действительно довольно трудная работа, – ответила Диана и закинула ногу на ногу. – Давай ты сам перед зеркалом их оценишь. И вообще, уже поздно. Пора принимать душ и ложиться спать. А ты езжай домой. Вот твои ключи. Завтра встретимся и наметим следующие шаги. Только пообещай мне не пить!

# Глава 6

УТРОМ ДИАНА ПОЗВОНИЛА и предложила встретиться в парке. Он быстро собрался, вызвал такси и спустя полчаса прибыл к условленному месту.

– Привет! Я подумала, что нам надо почаще выбираться на прогулки, чтобы поддерживать себя в форме. Так советует Чепушанская, – сразу перешла к делу Диана.

– Надо – значит надо, – согласился Марк.

– Слушай, дружище, мне не нравится твой настрой. Ты совершенно не проявляешь инициативу. Ты – словно слабое звено в нашем безупречном тандеме. Неужели ты уже не хочешь вернуть жену и дочку?

– Хочу. Только…

– Что только?

– Я сильно сомневаюсь, что она захочет ко мне вернуться. Ведь ничего не изменилось. Я как был неудачником, так и остался. Только теперь еще и без работы. Понимаешь, не все проблемы можно решить леопардовыми стрингами.

– Так. Только не надо прятать голову в песок! – Диана посмотрела ему в глаза. – Во-первых, ты сильно недооцениваешь леопардовые стринги. Одна блогерша, на которую я вчера подписалась, говорит, что с их помощью можно вообще решить почти все жизненные проблемы. Главное – уметь ими правильно распорядиться. Во-вторых, необходимо скорее найти тебе работу. Слушай, мой брат Миша – HR-менеджер в крупной транспортной компании. Я ему позвоню и попрошу подыскать тебе вакансию. Не раскисай и вышли мне сегодня резюме. Ты чего замер? О чем думаешь?

— Только сейчас заметил, что у тебя невероятно красивые глаза. Мне кажется, в них можно утонуть.

— Мой муж тоже так говорил. А потом, судя по всему, нашел спасательный круг, выбрался и ушел плескаться на другой пляж, — надула губки Диана.

— Судя по тому, что я уже успел узнать о твоем Алане, он вообще нигде не утонет. И не потому, что он лилия, если ты понимаешь, о чем я говорю, — Марк состроил хитрое лицо.

— Ой, рассмешил, — прыснула Диана. — Не знаю почему, но мне так нравится вместе с тобой смеяться над этими изменщиками. Все-таки Анфиса Чепушанская творит чудеса. Еще несколько дней назад мы были в депрессии, а теперь как будто начали новую жизнь. Ты тоже это чувствуешь? Воздух совершенно другой!

— Я еще не понял, что чувствую, но мне тоже стало гораздо лучше.

— Ладно, пойдем прогуляемся.

Парочка долго бродила по тенистым аллеям. Они разговаривали о разном, в основном о неудавшейся семейной жизни. Потом довольно долго просто молчали — каждый думал о своем.

— Диана, ты сказала, что интрижка между Анжелой и Аланом длится уже полгода. Неужели это правда? — Марк прервал молчание.

— Да. Я всегда чувствовала, когда Алан заводит себе очередную пассию. Обычно это заканчивалось быстро, но в этот раз все оказалось довольно серьезно.

— Полгода... А я ведь даже не замечал. Анжела, наоборот, перестала меня ругать и пилить, стала спокойной и доброжелательной. Я подумал, что все налаживается. Вот я недотепа. Боже-е-е...

– Боже-е-е, на что это похоже-е-е, – Диана со смехом передразнила Марка. – А ты и правда недотепа.

– Постой! Получается, Анжела не в первый раз меня обманывает! Однажды, пару лет назад, она наградила меня венерической болезнью. Я начал с ней разбираться, как такое могло произойти. А она ответила, что у женщин перед месячными бывает такой день, когда из организма выходят особенно вредные токсины. Анжела сказала, что, видимо, мы занимались любовью именно в тот критический момент, поэтому я получил дозу опасных патогенов.

– И ты поверил? – прыснула Диана. – Твоя женушка случайно правила во время пандемии не придымывала?

– Я не знал, что она такая обманщица. Да и женский организм такой таинственный, – Марк недоуменно почесал голову.

– Ну ты и лопух. Боже мой, кто мне попался в партнеры! – Диана рассмеялась и толкнула друга плечом. – Марк, что с тобой не так?

– А ты, оказывается, весьма язвительная персона. Подшучиваешь надо мной сегодня, – Марк улыбнулся.

– Да! Я до свадьбы была боевой девчонкой и душой кампании. А потом Алан сделал меня своей послушной собачкой. Боже, я ведь уже забыла, как это классно – веселиться и кого-то троллить.

– Минутку. Я правильно понимаю, тебе сейчас классно и хорошо, но ты хочешь вернуть мужа и свою прежнюю жизнь? Красивая птичка хочет обратно в золотую клетку? Там, видимо, удобная для задницы жердочка и весьма прилично кормят.

– Нет! Я верну мужа, но больше не буду исполнять каждое его желание. Пусть теперь он тоже меня уважает.

– Что ж, отличный план! Гениальный! Только дырявый, как швейцарский сыр. Уверен, что Алан, если вернется... то есть, когда вернется, захочет увидеть не новую строптивую Диану, а свою прирученную и покорную женушку.

– Посмотрим. Уверена, что я смогу найти с ним общий язык. Не зря же я подняла самооценку и снова стала себя уважать. В конце концов, мы начнем ходить к семейному психологу. Марк, я как будто немного устала. Поеду домой и послушаю Чепушанскую. Жду резюме.

# Глава 7

ПОЛУЧИВ РЕЗЮМЕ МАРКА, Диана отправила его брату по электронной почте. На следующий день зазвонил телефон, высветив фотографию Миши.

— Привет, братец! Как твои дела?

— Привет, сестренка. Все хорошо. Приходил на собеседование твой знакомый Марк. Он оказался весьма толковым специалистом, да и человек, как видно, неплохой. Его возьмут стажером — начальство хочет присмотреться к нему. Если он себя проявит, то через несколько месяцев получит хорошую должность.

— Ого, отличная новость!

— Слушай, а кто он такой?

— Это... муж любовницы Алана.

В трубке на какое-то время воцарилась тишина. Миша переваривал информацию.

— Хм, сестричка, а что вас с ним связывает? Накупили жилеток и слушаете грустные песни о разводах?

— Ничего подобного! Мы объединили усилия, чтобы вернуть наших супругов. Я заполучу обратно мужа, он — жену. Это моя идея!

— М-да-а... Ты у нас всегда была со странностями, — задумчиво произнес брат, а потом взорвался. — Ну на хрена тебе нужен этот Алан? Он же относится к тебе, как к болонке! Извини, конечно, но ты напоминаешь мне обезьянку, которую выпустили на волю, но она во что бы то ни стало пытается вернуться в свою уютную клетку, где хорошо кормят и регулярно чешут пузико. Лучше вот этого Марка себе забери. По мне, так довольно выгодный обмен.

– Братец, ты ничего не понимаешь. У меня есть хитрый план. Я верну мужа и перевоспитаю его!

– У тебя еще и богатая фантазия. Ну что ж, могу только пожелать успеха. Но ты подумай над моими словами.

# Глава 8

ВЕЧЕРОМ ДИАНА ПОЗВАЛА Марка к себе домой, чтобы отпраздновать его выход на работу и послушать очередной ролик Анфисы Чепушанской. Алкоголь принципиально не пили, чтобы сохранять серьезность и ясность мыслей. Обошлись напитками и пирожными. Уселись на диван, включили ноутбук, стали внимательно смотреть и слушать.

– Дорогие подписчицы! Многие брошенные жены допускают ошибку – они торопят события. Этого делать нельзя ни в коем случае! Не нужно привлекать к себе внимание супруга, звонить ему или приглашать на встречи. Наберитесь терпения. Возможно, вам придется ждать несколько месяцев или больше, но это самая разумная стратегия.

На этих словах Диана поперхнулась соком и выругалась. Марк от неожиданности вздрогнул.

– Да что эта Анфиса говорит? Как можно ждать несколько месяцев? – возмущалась Диана. – А что, если завтра нам принесут документы на развод? Я кучу денег потратила на эротическое белье, а теперь нужно ждать? Чего? Когда на нем паутина появится? Или когда его моль съест?

– Моль не ест кружева и кожу, – осторожно уточнил Марк.

– Да по фигу, что она там ест! Я категорически не согласна с Анфисой. Чепушанская, конечно, отличный психолог, но просто нашей ситуации не знает. Она же дает общие советы, а у всех ведь ситуации индивидуальные со множеством разных нюансов. Правильно я говорю, Марк?

– Абсолютно, – не совсем уверенно ответил мужчина.

– Молодец! Знаешь, как мы поступим? Мы послушаем советы Анфисы, но творчески их переосмыслим и разовьем. Мне кажется, что мы ее переросли! Пора двигаться дальше. На завтра я записалась к Кассандре – она очень сильный экстрасенс. У нее есть даже собственный сайт! Там оставляют отзывы ее клиенты. Они пишут, что Кассандра творит чудеса. Ты со мной?

– Конечно. Работа у меня теперь есть, пора возвращать дочку и жену.

# Глава 9

ВЕЧЕРОМ ИСКАТЕЛИ ЧУДЕС приехали на окраину города. По указанному адресу располагалась пятиэтажка. Марк нажал кнопку домофона и из динамиков послышался бодрый голос.

— Здравствуйте! Это вы?

— Добрый вечер! Да, Диана и Марк.

— Отлично, я так знала. Поднимайтесь на второй этаж, квартира шесть.

Дверь щелкнула и впустила гостей в дом. Парочка осторожно поднялась на второй этаж. Марк нажал кнопку звонка. Массивную железную дверь открыл какой-то мужчина с задумчивым и одухотворенным лицом. Он жестом пригласил Марка и Диану внутрь. В носы ударил сильный запах экзотических масел и благовоний. Войдя, они услышали голос Кассандры:

— Проходите сюда!

Парочка пошла на звук и очутилась в небольшой, слабо освещенной комнате. За столом, покрытым золотистой скатертью, восседала сама Кассандра — крупная женщина лет пятидесяти с черными вьющимися волосами. Левую ладонь она держала на стеклянном магическом шаре, рядом с которым располагались карты, амулеты, статуэтки богов и горящие ароматические свечи. Тихонько играла мелодичная индийская музыка.

— Здравствуйте, — вразнобой сказали Марк и Диана.

— Присаживайтесь. Что привело вас ко мне? Не говорите. Я знаю. Любовные дела, — доверительно вещала экстрасенс.

– Да, уважаемая Кассандра. Вы правы, – Диана восхитилась проницательностью Кассандры.

– Ну что ж, рассказывайте, с какими бедами вы ко мне пришли?

– Спасибо, что нас приняли. У нас крайне серьезная проблема. Дело в том, что мой муж ушел к его жене, – начала рассказ Диана.

– Да... Но это еще не все. Моя жена ушла к ее мужу, – дополнил Марк.

– И теперь нам надо их разлучить и вернуть обратно. Мы подумали, что если действовать сообща, то шансы на успех будут выше, – Диана одобрительно тронула руку Марка, а тот утвердительно кивнул.

– Да, вы все правильно сделали. Совместная энергия находит гораздо больший отклик у Вселенной, – обнадежила ясновидящая. Диана и Марк радостно переглянулись.

«Господи, вечно ко мне какие-то чудики приходят. Надеюсь, у них хотя бы деньги есть», – на самом деле подумала Кассандра.

– Мы хотим узнать, получится ли вернуть наших супругов. Желательно с гарантией, – продолжила Диана.

– Хорошо, сейчас мы спросим об этом у магического шара. Возьмитесь за руки. О, могущественные силы, помогите нам взглянуть в будущее! Скажите, смогут ли эти мужчина и женщина вернуть супругов и восстановить семьи?

Кассандра прикрыла веки. «От таких, как вы, вообще лучше держаться подальше», – размышляла она. Потом ясновидящая стала поглаживать и слегка поворачивать магический шар, наблюдая за отблесками свечей немного безумными глазами.

– Ну, что вы там видите? Когда муж вернется? На этой неделе получится? Или до конца месяца? – нетерпеливо спрашивала Диана, внимательно глядя на магический инструмент.

– Не мешай, дорогая. Высшие силы не любят торопливых, – мягко ответила Кассандра.

«Ну и девица, сама пигалица, а прет как паровоз», – подумала ясновидящая. Диана сжимала руку Марка, а он, не особо верящий в разные магические штуки, немного скучал.

– Вижу! Могущественные силы дали ответ! Они считают, что вы мешаете друг другу достичь вашей цели, – громко заявила Кассандра.

– Не поняла. Мы же, наоборот, помогаем друг другу, – недоумевала Диана. – Уважаемая Кассандра, высшие силы дают непонятные ответы. Может быть, магический шар запотел или запылился? Давайте я его протру! У меня и влажные салфетки есть!

– Послушайте, я его протирала перед вашим приходом дорогим моющим средством. Так говорят высшие силы, – продолжила ясновидящая. – Еще они предрекают, что ваши супруги сделают все, как вы пожелаете! Они вернутся к вам. Даже два раза!

– Два раза? А можно как-то пояснить. Мне и одного раза хватит, например.

– Высшие силы не дают пояснений!

– А теоретически магический шар может ошибаться? Это ведь не прямая трансляция из правительства? – сомневалась Диана.

– Вот именно! Это не трансляция из правительства! Высшие силы беспристрастны! Им не нужно врать вам про безработицу, инфляцию и убеждать, что снижение налогов на миллиардеров приведет к небывалому экономическому росту.

– Извините. И вы, высшие силы, тоже меня простите, – сконфузилась Диана.

– Другое дело. О, высшие силы! Я, скромная Кассандра, прошу вас помочь этим чудесным людям! Пусть их цели будут достигнуты, а баланс во Вселенной восстановится.

Далее ясновидящая стала ходить по комнате со свечой и магическим шаром, напевая какие-то заклинания на неизвестном языке.

– Смотри, как все серьезно, – Диана шепнула Марку на ухо. – Оказывается уход наших супругов нарушил баланс во Вселенной. Ну ничего, теперь нам помогут высшие силы. Это в их интересах.

Кассандра пела все тише, а ее движения становились медленней. Видимо, обряд подходил к завершению.

– Итак, сеанс окончен! – объявила женщина. – Ваши просьбы с моей помощью услышаны! Высшие силы пообещали решить все проблемы. Но они сказали, что ваши дальнейшие взаимоотношения с супругами будут зависеть только от вас.

– О, мы не подведем! – улыбнулась Диана и достала маленькую коробочку из кармана. – Уважаемая Кассандра, в качестве оплаты ваших услуг, я хотела бы подарить вам наше фамильное кольцо! Оно досталось мне от прабабушки. Говорят, что она получила его из рук самого...

– О нет, у меня здесь не ломбард. Давайте наличные или заплатите с карты, – недовольно ответила Кассандра.

– Вы испортили весь магический момент, – расстроилась Диана. – Я думала, что высшим силам фамильное золото больше понравится. В нем же содержится память рода. Деньги – такая банальность.

Она достала кошелек и стала отсчитывать купюры.

– Высшим силам не нужно оплачивать университет для дочери, – ответила Кассандра.

– О, ваша дочь учится в университете? – удивилась Диана. – Наверное она решила продолжить ваше дело. Изучает магию и ясновидение?

– Почти. Через пару лет станет юристом. Говорит, что там и магия сильнее, и ясновидение яснее, и гонорары солиднее. А если высшие силы выносят решение, – Кассандра показала пальцем вверх, – то оно будет обязательным к исполнению.

Диана отдала деньги. Парочка попрощалась с Кассандрой и вышла на улицу.

– Что ж, мне кажется, все подготовительные мероприятия закончены. Пора приступать к делу! – решительно заявила Диана.

– Я готов! Это будет легендарная битва! – согласился Марк.

# Глава 10

МАРК И ДИАНА СИДЕЛИ в небольшой забегаловке и пили кофе. Снаружи хлестал дождь, а внутри было тепло и вкусно пахло булочками. Друзья обсуждали план действий.

– Такой сильный дождь, голова болит... Вот прям чувствуется, что баланс во Вселенной нарушен. И все из-за этих предателей, – задумчиво сказала Диана, глядя в окно.

– Не расстраивайся. Скоро мы все исправим! – приободрил подругу Марк. – Давай по плану пробежимся.

– Итак, я думаю, что время моего кожаного белья и твоих леопардовых трусов приближается, – довольно говорила Диана. – Нужно еще немного подождать, и на следующих выходных мы позовем своих супругов в наши храмы любви. Я чувствую: у нас все получится.

– Так сегодня пятница. Почему нам не позвать их в храмы любви на этих выходных? – осведомился Марк.

– Есть небольшая проблема, – Диана развела руками. – Мой храм любви на этих выходных будет закрыт на профилактические работы. Если ты понимаешь, о чем я говорю.

– Эх, жалко. Ну ничего, к следующим выходным я как раз зарплату получу за неделю. Смогу купить подарки жене и дочке.

– Ну, вот видишь, как все замечательно складывается. Думаю, что надо их позвать примерно в одинаковое время. Например, в субботу. А пока у нас есть больше недели, чтобы подготовиться. Кстати, я смотрела ролики по искусству обольщения и там упоминали какие-то секс-качели. Ты случайно не знаешь, что это такое?

– Нет, я в таких делах плохо разбираюсь. Помню как в детстве меня на детской площадке качели по голове со всего размаху трахнули. Но они, кажется, были обыкновенными.

# Глава 11

МАРК И ДИАНА ВНОВЬ сидели в ее квартире и смотрели ролик очередного психолога. Он рассказывал, как написать «амортизационное письмо». Диана конспектировала наиболее понравившиеся мысли в блокнот.

– Чтобы улучшить отношения между вами и ушедшим супругом или супругой, попробуйте написать ему или ей «амортизационное письмо». В нем нужно попросить прощения, признать свои ошибки и сделать намек на то, что дверь с вашей стороны остается открытой. Сейчас я научу вас, как писать такое послание.

Парочка переглянулась.

– Попробуем? – предложил Марк.

– Давай, – подмигнула Диана.

– Ты первая!

– Хорошо, – улыбнулась Диана и придвинула к себе ноутбук. Она печатала строчки, параллельно комментируя свое творчество.

«Дорогой Алан! Я тебя понимаю. Я не была идеальной женой. И ты прав, что ушел от меня. Конечно, я недостаточно была внимательна к тебе и твоим просьбам». Марк, что за бред я пишу! Этот засранец сначала превратил меня в бесплатную прислугу, а потом дал пинка под зад, когда я ему надоела. Он предлагал сходить на вечеринку свингеров! Конечно, я отказала. Ладно, продолжим. «Я пишу тебе письмо, чтобы просто высказать свои чувства. Я не хочу твоей жалости и не умоляю вернуться. Я понимаю твой выбор». Поманили его чем-то новеньким... третьего размера, вот он и побежал. «Время может излечить все раны, но пока я в это не верю. Напиши, какие качества ты во мне любил и ценил, а какие тебя бесили. Я хочу стать лучше, чтобы однажды построить свое счастье». Вот вернешься, гад, я тебе припомню твои художества. «Приходи ко мне в субботу днем. Я хочу передать тебе твои вещи. Истерики и сцены я устраивать не буду. Желаю счастья в твоей новой жизни».

Диана посмотрела на Марка.

— Ну как, нормально получилось?

— Если в него добавить твои устные комментарии, то получится полный улет.

— Ага. Отправлю ему на электронную почту. Теперь твоя очередь.

Марк начал набирать текст на своем смартфоне.

«Дорогая Анжела! Наконец я понял, почему ты от меня ушла. Я был плохим мужем и отцом. Все твои упреки были чистой правдой». С этим письмом я себя чувствую каким-то бесхребетным ничтожеством. Она говорила, что я появился на свет только потому, что у остальных папиных сперматозоидов от природы были вывихнуты хвосты. Вот мерзавка. «Я решил открыть свои чувства. Я не прошу тебя вернуться. Не ищу жалости. Любая адекватная женщина ушла бы от такого мужчины». Честно говоря, она всегда была чем-то недовольна. Зато себя считала королевой. Ладно. «Время – лучший лекарь, хотя пока я в это не верю. Прошу лишь одно: напиши, какие мои качества тебе нравились, а что ты бы посоветовала поменять. Вдруг я однажды встречу женщину, похожую на тебя, и захочу вновь завести семью». О нет, еще одну такую же я не вынесу. «Приходи ко мне в субботу днем. Я хотел бы дать денег для дочери. Буду вести себя прилично, не волнуйся. Желаю тебе и дочке счастья и любви».

— А зачем ты про деньги написал? – спросила Диана.

— Это ее слабое место. Она как прочитает про деньги, так сразу придет.

– Да, ну и женушка у тебя! Как ты с ней столько времени прожил?

– Ты знаешь, в целом она хорошая. Просто...Такое впечатление, что мы смотрели на жизнь по-разному. У нее всегда были большие амбиции и желания. Видимо, я просто не дотягиваю до ее уровня. Впрочем, может быть, нам просто нужен второй шанс?

– Посмотрим. Теперь осталось дождаться субботы и надеяться, что они клюнут на наши наживки.

На следующий день Алан и Анжела прислали ответы: они были согласны встретиться в субботу после обеда. Все шло по плану.

# Глава 12

БУДИЛЬНИК НА СМАРТФОНЕ объявил о начале чрезвычайно важного дня. Можно сказать, судьбоносного. Сегодня должен был прийти Алан. Диана начала готовить эротическо-романтическую ловушку. Она не стала изобретать экзотические блюда или расставлять свечи. Посовещавшись с Марком, женщина решила приступать к обольщению без отвлекающих «маневров». Он назвал это тактикой мухоловки – подманить чем-то приятным, а потом безжалостно сцапать.

Диана отправилась в салон красоты. Там бригада сотрудниц удалила все лишние волосинки с ее тела. Потом женщину вымазали всеми возможными кремами, окурили благовониями и щедро полили афродизиаками. Затем ей сделали умопомрачительную прическу. На процедуры Диана потратила последние деньги, но цель оправдывала вложенные средства. Вернувшись домой, женщина приготовила брачное ложе. Капкан был готов. Оставалось только взвести пружину, а именно – надеть кожаное белье. Что и было элегантно сделано. Тигрица затаилась и стала ждать жертву.

МАРК ТОЖЕ ВРЕМЕНИ НЕ терял. Он знал, что Анжела придет с дочкой, а поэтому решил приготовить вкусный обед. В супермаркете купил продукты и тортик, а дома превратился в заправского шеф-повара: что-то варил, жарил, тушил и щедро снабжал специями. В кухне теперь соблазнительно пахло. Потом он принял душ и, с удовольствием вытершись насухо, облачился в неудобные леопардовые стринги, новые джинсы и рубашку. Почесывая задницу, тигр присел на диван, взял смартфон, запустил какую-то игру и стал ждать жертву.

ДИАНА УСЛЫШАЛА, КАК в замочной скважине проворачивается ключ. Сердце замерло. Началось. Женщина поправила прическу и приоткрыла халат. Приняв соблазнительную позу, она попыталась изобразить «взгляд с поволокой».

— Привет! Где ты? Какие вещи ты хотела мне вернуть? — послышался голос Алана.

— Привет! Иди в спальню. Я здесь, — Диана распахнула халатик.

— Вот как! — Алан зашел в спальню, и, увидев жену, замешкался. — Кстати, тебе очень идет. Жалко, что ты не баловала меня такими сюрпризами, когда мы были вместе.

— Так иди сюда, еще все можно наверстать, — томно проговорила Диана.

— Ну... А почему бы и нет, — повел плечами Алан.

Он аккуратно снял дорогой пиджак, повесил его на дверь и начал расстегивать брюки.

— Быстрей, я вся горю! — Диана не вспомнила ничего более оригинального.

— Какая ты, оказывается, горячая, — улыбнулся Алан снимая рубашку.

— Ну, где ты, любимый? Возьми меня!

Диана поняла, что забыла продумать и отрепетировать этот важнейший момент. Впрочем, и так все получалось хорошо. Алан, в одних трусах и носках, подошел к кровати и улегся рядом с Дианой.

— Какая ты, оказывается, штучка! А ну-ка, давай я тебя раздену, — прошептал Алан и протянул руку к ее груди.

– Так, значит, ты ко мне возвращаешься? Бросишь свою противную Анжелу? Вселенная меня услышала. Я очень, очень рада. Я люблю тебя! – мурлыкала Диана.

– Нет. С чего ты так решила? – недоуменно спросил Алан.

– Как нет! А чего ты тогда сюда улегся? – взвилась Диана и оттолкнула руку мужа.

– В смысле, чего улегся? Ты же сама позвала. Говорила, что вся горишь. Я пришел на помощь, – улыбнулся Алан. – Да чего ты возмущаешься?

– Ах ты, предатель! То к одной бежишь, то к другой! А ну-ка, проваливай! Ты получишь это роскошное тело, только когда бросишь свою сучку и вернешься ко мне. С вещами!

– Да я тебя пожалел. У тебя же давно мужчины не было, вся нервная стала. Я ведь еще твой муж, и это – мой супружеский долг. Да и зачем отказываться, когда предлагают потрахаться?

– Вот, значит, как ты ко мне относишься! Потрахаться захотел! Уходи! – разрыдалась Диана.

– Ладно тебе, не убивайся так. Извини, что так получилось, – Алан быстро одевался. – Кстати, я документы на развод принес. Там, в прихожей оставил.

Диана уткнулась в подушку и стала рыдать еще сильнее. Когда дверь захлопнулась, ее плач превратился в отчаянный вой.

МАРК ВСТРЕТИЛ ЖЕНУ и дочь на пороге квартиры. Он много улыбался и шутил. Посадив своих гостий за стол, мужчина засуетился на кухне. В какой-то момент он даже уловил многозначительный взгляд Анжелы, в котором прочитал нечто похожее на уважение. «Хороший знак», – отметил про себя Марк.

Овощное рагу с нежным мясом оказалось великолепным. Потом Марк достал из холодильника тортик, который, к счастью, тоже не подкачал.

– Рита, поиграй пока на моем ноутбуке, а мы с мамой поговорим.

Марк повел Анжелу в ванную комнату, чтобы остаться там с ней наедине. Он закрыл дверь на щеколду.

– О чем ты хотел поговорить? – спросила жена.

– Анжела, возвращайтесь ко мне с дочкой. Правда, я сильно скучаю. Я нашел новую работу, дела постепенно идут в гору.

– Я что тебе, футбольный мячик? Мне хорошо с Аланом. И Рите с ним нравится. У него большой дом и солидная должность. Я уже привыкла к хорошей жизни. Извини.

– Вернись, пожалуйста. У нас тоже будет хорошая жизнь. Я по дочке скучаю.

– Не беси меня своими слезливыми просьбами. Марк, все решено. Я тебе принесла документы на развод. Дочку будешь видеть раз в неделю, – строго сообщила Анжела и потянулась, чтобы открыть дверь.

– Подожди. Вот что у меня есть. Сейчас мы решим все проблемы, – Марк сдернул футболку и стянул джинсы, показав свои шикарные леопардовые стринги.

– А тебе не поздновато идти в стриптизеры? – усмехнулась Анжела, на которую, судя по всему, яркий аксессуар не произвел должного эффекта. Она открыла дверь и вышла. – Рита, поехали домой. Давай быстренько.

Марк остолбенел от такого поворота, так и оставшись стоять в эротическом образе.

– Папа, папа! Ты, оказывается, супермен! У тебя супергерройские трусы! – пробегавшая мимо дочка увидела отца в непрезентабельном виде. Марк смущенно закрылся полотенцем. – Папа, а ты кто? Человек-леопард?

– Рита, малышка! Я – не супергерой. Просто так получилось, – попытался объясниться Марк.

– Папочка! Я знаю, что супергероям нельзя рассказывать о своих способностях. Не бойся. Я никому не выдам твою тайну!

– Рита, бегом! – послышался голос Анжелы.

– Папочка, я тебя люблю! – сказала дочка и убежала. – Мама, мама! А папа – супергерой! Он – человек-леопард! Только это большой секрет! Обещай, что никому не скажешь!

Дверь захлопнулась. Марк бессильно уселся на пол и закрыл лицо руками.

# Глава 13

ДИАНА БЕЗУТЕШНО РЫДАЛА на плече Марка, а он поглаживал ее волосы. Они сидели на диване и делились своими горестями.

— Он сказал, что секс со мной — это его супружеский долг, а еще он не против потрахаться, когда предлагают. Хорошо еще не сказал, что — это социальная ответственность бизнеса перед сексуально уязвимыми слоями общества, — сквозь слезы говорила Диана. — Боже мой, мы столько готовились, оставили позади отчаяние, научились себя уважать, а в итоге получился пук в лужу.

— Так вы занимались сексом? — настороженно спросил Марк.

— Нет! Он просто хотел меня трахнуть. А я сказала, что для этого надо сначала расстаться с Анжелой.

— Вот и правильно, — облегченно выдохнул Марк.

— А у тебя что-то было? — Диана перестала плакать и посмотрела на Марка.

— Нет, даже в рамках супружеского долга и социальной ответственности, — улыбнулся мужчина.

— Да, это фиаско, братан, — вытирая слезы, резюмировала она. — Хотя, знаешь, мне показалось, что Алан посмотрел на меня как-то по-другому. С интересом, что ли.

— Точно! Я этот момент тоже уловил. Анжела как-то уважительно на меня глядела, когда увидела чистую квартиру, и еще, как я готовлю.

— Я поняла! — Диана хлопнула себя ладошкой по лбу. — Мы поторопились! Права была Анфиса Чепушанская! Нельзя было спешить. Это все я виновата. Необходимо было подождать, пока они сами созреют. Неужели мы упустили наш шанс? Это я во всем виновата. Прости меня!

Она снова заплакала. Марк задумался. Он аккуратно отстранил Диану, встал и прошелся по комнате.

– Знаешь, у меня есть идея. В старшей школе я встречался с одноклассницей. Потом она меня бросила. А я решил ее вернуть, сыграв на ревности. Для вида я стал клеиться к одной красивой девочке из параллельного потока. И что ты думаешь? Бывшая начала меня ревновать и вернулась. Правда, ненадолго, но метод показал свою исключительную эффективность.

– И что ты предлагаешь?

– Я думаю, что наши сегодняшние встречи все-таки пробили их оборону. Да, все прошло ужасно, но мы заронили в них семена сомнений. Теперь надо развивать успех, пока они не опомнились. В атаку! Надо сыграть на ревности!

– Как?

– Мы должны попасться им на глаза. Как-будто мы – влюбленная пара! Представляешь, что будет, если они увидят нас вместе?

– Боже, а ведь это может сработать! – обрадовалась Диана. – Я знаю любимый ресторан Алана. Раньше мы туда ходили каждую субботу. Думаю, что теперь он бывает там со своей новой пассией – твоей Анжелой.

# Глава 14

К ОПЕРАЦИИ «РЕВНОСТЬ на горячее» подготовились со всей тщательностью. Диана надела свое самое красивое алое платье, туфли на высоком каблуке, а доведению до идеала макияжа и прически посвятила пару часов. Марк взял напрокат смокинг, попросил у друга дорогие часы и в назначенный час приехал на такси за Дианой. Вместе они поехали в ресторан, где, по их расчетам, должны были ужинать Алан и Анжела.

Чтобы установить планы жены и ее спутника, Марк переписывался в течение дня с дочкой – это она сообщила, что мама с дядей куда-то уехали, оставив ее с няней. Диана же заранее заказала место, чтобы быть неподалеку от любимого столика мужа.

Когда парочка зашла в ресторан, Алан и Анжела уже сидели там. Официант посадил Марка и Диану за столик, предложив меню.

– Ты бы видела, как у твоего Алана вытянулась рожа, – улыбнулся Марк.

– Ага, от толкал твою Анжелу, чтобы она незаметно на нас посмотрела. У нее чуть челюсть не упала на стол, – хихикнула Диана.

– Ну мы им устроили сюрприз! Если бы в ресторан зашел динозавр, они бы так не удивились.

– Точно! А давай я буду смеяться, типа ты весело шутишь, – сказала Диана и залилась громким смехом.

– Так больше не делай. Выглядит наигранно. Как будто ты суперзлодейка, которая собирается уничтожить планету и предварительно этому радуется. Лучше давай я тебя за руку возьму. Так получится более романтично и естественно.

Диана подала руку, а Марк ее нежно взял и стал поглаживать, глядя в глаза.

– Что-нибудь выбрали? – неожиданно появился официант.

– А знаете, принесите нам блюда от шеф-повара. И пару салатиков, – сказал Марк.

– Вино?

– Минеральную воду.

Официант удалился.

– Марк, здесь высокие цены! Надо было в меню поискать что-то самое дешевое! – испуганно прошептала Диана.

– Ничего страшного, мне перечислили премию. Хочу сделать тебе приятное, накормив шикарным ужином. Мы же фактически лучшие друзья!

– Братаны! – улыбнулась Диана. – Марк, ты так изменился с того дня, когда я тебя встретила.

– Да, в какой-то момент я действительно сломался из-за ухода жены, и мой поезд отправился на станцию «Депрессия» по линии «Алкоголизм». Ты меня буквально спасла.

– Ну перестань. Я просто использовала тебя в своих интересах, – рассмеялась Диана.

– Это верно. Но ты показала мне цель. А для мужчины – это лучшее лекарство. Спасибо тебе за все! – он наклонился и поцеловал руку Дианы.

Внезапно, громко скрипнув ножками стула, Алан поднялся со своего места и двинулся в сторону парочки. Подойдя к столику, он наклонился к Марку и зловеще прошептал:

– Пойдем, поговорим снаружи.

Марк пожал плечами и кивнул. Мужчины направились к выходу. Немного отойдя в сторонку, Алан развернулся и вперил в Марка пронзительный взгляд.

– Ты кто такой? Что ты здесь делаешь с моей женой? – угрожающе спросил Алан.

— Дай подумать, — неожиданно Марку стало смешно из-за этой ситуации, ему захотелось позлить этого напыщенного Алана. — Смотри. Ты спишь с моей женой, а я сплю с твоей. Видимо, я прихожусь тебе каким-то... не знаю... родственником.

— Что? — разъярился Алан. — Ты спишь с моей женой?

— Вообще-то, строго говоря, ты первый начал. Пока ты не стал спать с моей женой, я о твоей даже не помышлял.

— Вы что, отомстить решили? Это какая-то игра? — глаза Алана буквально наливались кровью.

— Нет, у нас чувства. Хочу сделать Диане предложение сразу после развода. Только это секрет. Никому не говори. Я ведь могу тебе доверять, родственник?

Терпение Алана подошло к концу. Он грязно выругался, замахнулся и направил кулак к носу оппонента. Марк изящно поднырнул, и удар пришелся в пустоту.

— Не попал, мазила! А это тебе на память, — Марк извернулся и, светясь довольной физиономией, быстро и аккуратно поставил замешкавшемуся Алану щелбан прямо в лоб.

— Алан! Марк! Что вы делаете? Перестаньте! — раздался крик Анжелы.

Мужчины посмотрели в сторону источника звука. Там стояли их напуганные жены.

— Да ничего особенного, мило общаемся! — ухмыльнулся Марк.

— Все в порядке, — пробурчал Алан.

— Мы все видели! Зачем ты устроил драку, Алан? Ты все еще ревнуешь свою бывшую жену? — было видно, что Анжела рассержена.

— Вообще-то еще настоящую, — отметила Диана.

— А вы? Зачем вы сюда приперлись? Чтобы нас спровоцировать? Кто вас сюда звал? — Анжела переключилась на Марка и Диану.

— Просто пришли в ресторан. Это не запрещено. И в каком это смысле — провоцировать? А ничего, что мы с тобой, Анжела, пока официально женаты? Так кто кого спровоцировал? Может быть, это твой хахаль заслуживает дружеской трепки за то, что ходит по ресторанам с чужой женой?

– Точно! Может это вам отвалить отсюда подобру-поздорову? – Диана встала в женскую боевую стойку, уперев руки в бока.

– Да ну вас, психованные! Пойдем, Алан, отсюда. Правильно, что мы с тобой от них ушли. Отличная парочка придурошных собралась.

– Мы еще встретимся, – Алан зло посмотрел на Марка.

– В любое удобное для вас время, – Марк сделал шуточный реверанс.

Алан и Анжела ненадолго вернулись в зал, чтобы расплатиться за ужин и забрать свои вещи, а потом с недовольными лицами покинули ресторан. Марк и Диана праздновали победу, наслаждались вкусными блюдами и обсуждали произошедшее.

– Хе-хе! Враг бежит, а поле боя осталось за нами! – улыбался Марк.

– Ты был сегодня в ударе. Что у вас там произошло с Аланом? Почему он был таким свирепым?

– Я разозлил Алана, сказав, что сплю с тобой.

– Ты ему это в лицо сказал? Неудивительно, что он разъярился, – рассмеялась Диана.

– Знаешь, еще в детстве, когда случались какие-то конфликтные ситуации, мне всегда говорили: «Не связывайся, будь умней, уступи». И так постепенно получилось, что я разучился давать сдачи. Я стал умнее всех, но постепенно мной стали помыкать те, кто был глупее и уступать не хотели. Благодаря тебе я понял, что больше не нужно бояться и уходить от конфликтов, а необходимо отстаивать свою позицию.

– Занятная получилась переделка, – ухмыльнулась Диана. – Пусть побудут в наших шкурах! У меня тоже чувства нахлынули. Алан устроил драку, а потом твоя женушка нас стала отчитывать.

Еще чуть-чуть, я бы их сама на пинках отсюда выгнала, – хихикнула Диана.

– Мне кажется, сегодня мы смогли проделать хорошую трещину в их отношениях. Помнишь, как кричала Анжела про ревность Алана к тебе? Да! Есть результат, черт побери!

– Кассандра ведь говорила, что они к нам вернутся два раза. В первый раз они уже приходили. Что ж, подождем. Мне кажется, скоро мы увидим их снова.

В прекрасном настроении парочка прикончила ужин и, расплатившись, вышла на улицу. Летний вечер подарил приятную прохладу, и захотелось прогуляться по парку. Они медленно шли по аллее, наслаждаясь тишиной и спокойствием.

– Знаешь, а я больше не хочу, чтобы Анжела ко мне возвращалась, – задумчиво сказал Марк. – Мне кажется, что с самого начала я мечтал вернуть дочку. С Анжелой я не хочу и не смогу больше жить. Сегодня я это окончательно понял. Видимо, нужно привыкнуть к роли воскресного папы.

Диана остановилась и с удивлением вздернула брови.

– Получается, что все наши приключения были бессмысленны? – Диана посмотрела в глаза Марку.

– Нет. Я почти уверен, что ты сможешь вернуть мужа, – Марк тяжело вздохнул. – Диана, это все так сложно. Знаешь, когда сегодня в ресторане я держал тебя за руку, я почувствовал что-то такое в груди... Чего я никогда не испытывал раньше.

Марк ласково прикоснулся к щеке Дианы и, наклонившись, нежно поцеловал ее в губы. Она вздрогнула от удивления, но не отстранилась и даже закрыла глаза. Их поцелуй длился несколько мгновений.

– Я почувствовал вот это.

– Марк, что же мы делаем? Нам нельзя такое чувствовать. У нас же другие цели, – Диана испугалась того, что произошло.

— Ну, извини, я уже почувствовал. Я не могу перечувствовать обратно.

— Марк, дорогой. Но это совсем неправильно. А если завтра к нам вернутся наши... эти мужья, жены с детьми? И получится, что это мы теперь — предатели и любовники. Боже, как все сложно! Я ничего не понимаю...

— Диана, мы — взрослые люди. У нас дома лежат документы на развод.

— Молчи, Марк! Не надо ничего говорить. Ты разрываешь мое сердце. Вот почему Кассандра говорила, что мы мешаем друг другу! Все сходится. Боже, кажется у меня паническая атака. Прости! Я вызываю такси.

Диана достала смартфон и дрожащими пальцами стала заполнять приложение.

— Пойдем. Машина приедет через десять минут.

Они быстро шли к выходу из парка, украдкой поглядывая друг на друга. Такси уже ждало. Боясь посмотреть Марку в глаза, Диана сухо попрощалась, открыла дверь и быстро уселась на пассажирское место. Марк с тоской смотрел на удаляющийся автомобиль, пока тот не скрылся в потоке машин.

ДОМА ДИАНА КОЕ-КАК разулась, умылась и бессильно рухнула на кровать. Она достала смартфон, долго держала палец на имени «Марк», но звонить не решилась. Зашла в мессенджер и написала ему сообщение. Отложив телефон, она лежала, смотрела в потолок и плакала.

— Я не могу... Я не знаю... Боже, как все запутано и сложно, — шептала она сквозь слезы.

Постепенно ее голос затихал и через некоторое время вместо плача послышалось тихое сопение.

МАРК ВОЗВРАЩАЛСЯ ДОМОЙ в скверном настроении. Он чувствовал себя так, словно земля ушла из-под ног, а из груди вырвали кусок сердца. Мысль о том, что решить эту проблему можно изрядной долей виски или водки, сама пришла в голову, когда он проходил мимо бара. «Почему бы и нет», – подумал Марк. Смартфон просигнализировал о принятом сообщении. «Марк, извини меня. Все слишком запутано. Умоляю тебя, только не начинай пить!» – писала Диана. «Заботится обо мне», – подумал Марк и, собрав волю в кулак, решил обойтись без алкоголя. Он вернулся домой, разделся, принял душ и лег на диван. Из-за грустных мыслей о Диане Марк долго не мог уснуть, то и дело вставал и ходил кругами по комнате. Лишь ближе к рассвету он забылся беспокойным сном.

# Глава 15

ЖИЗНЬ БЫЛА, МЯГКО ГОВОРЯ, странной. Мозг, получивший за день массу самых разных эмоций и обиженный на отсутствие алкоголя, решил показать Марку сон в стиле европейского арт-хауса. Неожиданно мужчина обнаружил себя в детском саду. Он сидел на маленьком стуле, а вокруг него кружили хоровод Диана, Алан, Анжела, Кассандра, Анфиса и дочь Рита. Они были одеты в клоунские костюмы, много смеялись и пребывали в хорошем настроении.

– Знаешь, Марк, чем отличается неверный муж от верного? – улыбался Алан. – Первый будет изменять при каждом удобном случае. А второму даже если десять женщин предложить, то он выберет только одну. Но будет ей всю ночь про жену рассказывать! Вот какой он молодец! Кстати, верни мне Диану. Хочешь, я отдам тебе взамен Анжелу, подержанный PlayStation и билеты в зоопарк. Это выгодная сделка! Хе-хей!

– Ну что ты за недотепа такой! – ласково говорила Анжела. – Даже развестись нормально не можешь! За одной женщиной бегаешь, с другой целуешься. Совсем без меня разболтался, дурашка.

– Здравствуйте, мои дорогие подписчицы! Я расскажу вам крайне любопытный факт. Оказывается, женщина, если захочет, то поймет даже тот намек, которого не было, – с умным видом вещала Анфиса.

– Марк, я тебе совершенно точно и ясно говорю: я запуталась и ничего не соображаю. Все слишком сложно и непонятно. Тебе это понятно? – Диана пыталась донести какие-то важные мысли.

– Я предупреждала! Я информировала! Я предрекала! Магический шар дает самые точные прогнозы и первоклассную аналитику! Хотите узнать, кто победит на ближайших выборах в Албании и Монголии? – напевала Кассандра.

– Папа, у тебя какие суперспособности? Ты можешь купить мне и маме такие же леопардовые костюмы? Мы будем семьей супергероев! – смеялась Рита.

Марк отмахивался руками, пытался что-то отвечать, но потом вырвался из этого круга и побежал. Он запнулся о плюшевого мишку и приземлился на резиновую уточку, которая издала пронзительный писк.

Марк проснулся. Оказалось, что он запутался в простыни и действительно упал, правда, с дивана. А писк доносился не из уточки, а из домофона. На подгибающихся ногах он подошел к двери и, не спрашивая, кто внизу, нажал кнопку. Сердце радостно забилось: прийти к нему утром могла только Диана. Неужели она все-таки решила забыть своего проклятого Алана?

ДИАНА ПРОСНУЛАСЬ ОТ звука проворачивающегося ключа в замочной скважине. Сердце учащенно забилось. Это мог быть только Алан. Она вскочила с кровати, накинула халат и вышла в прихожую. В дверях действительно стоял муж с чемоданами в руках.

– Привет, дорогая! Я решил вернуться к тебе. Был неправ, извини меня! – официальным тоном объявил он.

МАРК УСЛЫШАЛ ПРИБЛИЖАЮЩИЕСЯ шаги.

– Решила проверить, пил я вчера алкоголь или нет? – пошутил он. – Не беспокойся! Ни грамма!

В дверях появилась Анжела с чемоданом.

– Дорогой, я решила вернуться! Извини меня, – жена разрыдалась и бросилась на шею к Марку. – Что ты стоишь, как истукан? Обними любимую жену!

Растерянный таким оборотом событий, Марк неохотно повиновался.

– А как же Алан?

– Ты видел, как этот болван ревновал свою Диану. Оказалось, что он до сих пор к ней неравнодушен. Ну и пусть к ней катится! Зачем мне такой мужчина, который о другой женщине думает? А я поняла, что тебя люблю! Ну были у нас небольшие проблемы...

– Ты меня бросила и ушла к другому...

– Вот я и говорю, были небольшие проблемы. Но мы ведь можем все исправить.

– Где Рита?

– Я отвезла ее к маме. Нам с тобой надо многое обсудить и помириться, – Анжела перестала плакать и улыбнулась. – Марк, ты меня восхитил. Я не шучу. Ты так за меня боролся! Не побоялся даже драться с Аланом. А еще ты изменился, стал таким мужественным. И, судя по всему, теперь больше зарабатываешь. Слушай, а давай устроим примирительный секс? Оденешь свои леопардовые трусы? Ты ведь так хотел мне их показать!

– Я их выкинул, – отрешенным голосом сказал Марк.

– Ничего, мы тебе новые купим. Еще лучше! А теперь я пошла в душ! Жди меня! Ты не пожалеешь! – хихикала Анжела. – Если хочешь, можешь ко мне присоединиться через пару минут!

Марк устало уселся на диван и задумчиво посмотрел в окно.

«Диана была права. Ничего непонятно. Нелюбимая женщина рядом со мной, а любимая останется с другим», – горестно думал мужчина.

АЛАН СТАЛ РАСПАКОВЫВАТЬ чемоданы.

– Знаешь, Диана, после того случая, когда ты меня позвала, а потом выгнала... В общем, я стал много думать о тебе. А когда увидел тебя с этим мудаком, то у меня вообще крышу снесло.

– С Марком, – Диана поправил мужа, – он не мудак.

– Да, с ним. Он сказал, что спит с тобой, но только потом я понял, что вы специально затеяли этот спектакль, чтобы вернуть меня. Я восхищен тем, как ты за меня боролась.

– А как же Анжела?

– Знаешь, эта сучка оказалась такой стервозной. Постоянно чем-то недовольна. А я не люблю, когда мне возражают. Ты же знаешь мой характер.

– Да, твой характер я знаю хорошо. Скажи, ты ведь снова будешь мне изменять? Ты же не можешь по-другому! Твой характер!

– Диана, я обещаю, что больше тебя не брошу.

– Не уходи от ответа! А что с твоими изменами?

– Больше никогда! Диана, я тебе подарок купил – вот новый смартфон. Прости, ювелирные магазины были еще закрыты. Знаешь, мы можем все вернуть. Я в этом уверен. Завтра возьмем путевку на какой-нибудь курорт. Развеемся, отдохнем, отвлечемся от всего этого балагана. Кстати, давай устроим примирительный секс!

– Значит прощального секса у тебя сегодня не было?

– Диана, не придирайся. Я хочу, чтобы мы с тобой начали отношения с чистого листа.

– Ну раз ты так хочешь, видимо, я должна снова покориться и превратиться в послушную женушку.

– Я уверен, что мы сможем вернуть наши отношения. Я пошел в душ, а ты пока одевай то кожаное нижнее белье! О, я в последнее время только о нем и думаю! – Алан оставил чемоданы и пружинящей походкой отправился в душ, напевая веселую песенку.

« Я КАЛЕНДАРЬ ПЕРЕВЕРНУ

И снова третье сентября...»

Смартфон Марка высветил на экране имя «Диана». Сердце радостно заколотилось.

— Алло, Диана. Привет! Как жизнь?

— Привет, Марк! Анжела вернулась? — осторожно спросила Диана.

— Да. Моется в душе. Хочет устроить примирительный секс. Алан тоже вернулся?

— Да. Тоже в душе.

— Это, видимо, и есть второй и окончательный возврат. Мы добились с тобой, чего хотели? — грустно спросил Марк.

— Добились. Но, оказывается, я тоже этого не хочу. Алан мне противен, — волнуясь и запинаясь, заговорила Диана

— Как так? Ты же вчера сказала, что ничего непонятно.

— Марк! Мне теперь все-все понятно! Я хочу быть с тобой. Давай сбежим от этих предателей. Я подписала документы о разводе. Я уже выхожу!

— Диана! Встретимся там, где мы вчера целовались!

— Давай!

— А какие у нас теперь планы? — улыбнулся Марк.

— Хм. Нам просто необходимо вернуть наших бывших обратно друг другу. У нас в этом огромный опыт, — рассмеялась Диана.

— Жди меня, я уже выхожу! — Марк сбросил звонок.

Он нашел ручку, подписал документы, быстро обулся и выбежал из квартиры. Жизнь снова была легка, прекрасна и удивительна. Но уже по другим причинам.

# Don't miss out!

Visit the website below and you can sign up to receive emails whenever Victor Sapozhnikov publishes a new book. There's no charge and no obligation.

https://books2read.com/r/B-A-SPNJB-XMNED

**BOOKS 2 READ**

Connecting independent readers to independent writers.